4/72

Created by
Elaine Meryl Brown, Alberto Ferreras and Chrissie Hines

Book Design by
Lisa Lloyd

Character Design by
Justin Winslow of Primal Screen

ISBN: 978-0-9828167-1-4

Printed in South Korea

El Perro y El Gato

The Dog

the Cat

I love going
to the farm!

¡Me encanta ir a la granja!

Let's feed
the chickens.

Vamos a darle de comer a las gallinas.

Cluck.

Co-co-ro-co.

Let's milk the cows.

Vamos a ordeñar a las vacas.

Moo.

Mu.

Forget it.
Hey, look at this!

Olvídalo.
¡Hey, mira esto!

Somebody left us a pail of milk!

¡Alguien nos dejó un balde de leche!

Mmmm...milk.

Mmmm... leche.

I love coming
to the farm!

¡Me encanta
venir a la granja!

Dog **(dag)**

And **(end)**

Cat **(kat)**

Farm **(farm)**

Chickens **(CHI-kens)**

Cluck **(klok)**

Cows **(kaus)**

Moo **(mu)**

Forget it **(for-GUET it)**

Pail **(peil)**

Milk **(milk)**

El perro **(el PEH-ro)**

Y **(ee)**

El gato **(el GAH-toh)**

La granja **(la GRAHN-ha)**

Las gallinas **(lahs gah-YEE-nas)**

Co-co-ro-co **(koh-koh-roh-KOH)**

Las vacas **(lahs BAH-cahs)**

Mu **(moo)**

Olvídalo **(ol-VEE-dah-loh)**

Balde **(BALL-day)**

La Leche **(la LAY-chay)**